T0130128

LA MARIÉE DU LAC

LE BLEU DU LAC

CORNELIA CALAIDJOGLU

LA MARIÉE DU LAC
LE BLEU DU LAC

iUniverse books may be ordered through booksellers or by contacting:

iUniverse
1663 Liberty Drive
Bloomington, IN 47403
www.iuniverse.com
1-800-Authors (1-800-288-4677)

ISBN: 978-1-5320-9319-7 (sc)
ISBN: 978-1-5320-9318-0 (e)

Print information available on the last page.

iUniverse rev. date: 01/22/2020

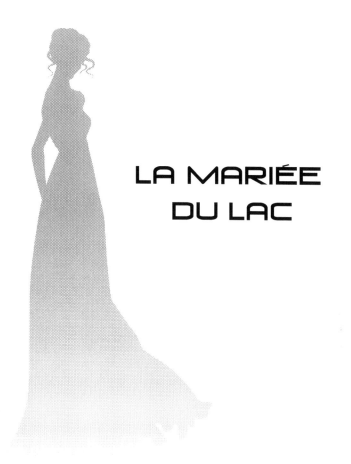

LA MARIÉE
DU LAC

Une jeune femme rousse au teint blanc comme une âme ouverte entrelace le fil de son destin dans un redoutable royaume intouchable. Dans les cellules flottantes de son sang rouge bouillonnent des sentiments inattendus comme un flux de paroles non-dits. Une robe de mariée simple et un diadème de fleurs sauvages naturelles reposant délicatement sur sa tête composent sa tenue.

En larmes, son esprit me raconte son destin sous un ciel voûté et mort. Elle a quitté la Matière et la vie, croyant que l'eau apaiserait son attente, me nommant le seul messager de son esprit vivant.

Un diadème reste parfumé à la surface du lac, répandant une mélancolie profonde comme celle d'une jeune fille aux longs cils regardant en bas. Une nuit, pour mettre fin à une histoire troublante elle trouve le remède pour ses souffrances, et la décision qu'elle venait de prendre était la dernière. Les pétales des fleurs et le pistil gardaient leur parfum, envoyant des signaux flous aux vagues animés par un amour débridé. Les jours et les soirées étaient fatigantes, cachées dans le coucher du soleil, et les ténèbres fixaient leur sceau comme une prise sur les rayons de son âme. Enfin, elle choisit un trône collant ses racines profondément dans un tombeau sous l'eau.

Par une froide soirée, il y a environ 150 ans, Dumitru, poussé par son ami ingénieur Tudosie, a acheté la zone sud de Câmpina qui était riche en pétrole. Installé dans une région vallonnée, le village était petit, avec quelques habitants assidus. Des maisons rares et des rues étroites serpentaient entre les bâtiments. Les villageois avaient l'habitude d'expérimenter avec de petites entreprises, en particulier dans l'agriculture et l'apiculture. Par conséquent, de grandes perspectives étaient envisagées dans l'évolution continue de la communauté. Le propriétaire foncier Dumitru, poussé par son ami qui était un expert compétent dans le domaine pétrolier, a déménagé ici.

En attendant l'achèvement de sa maison, un manoir, il a vécu près de six mois avec Tudosie, devenu pour lui comme un frère. Il voulait une maison en style baroque, avec un fort accent sur les meubles sculptés en noyer. Après plusieurs longues journées et nuits d'attente, le projet était terminé et la maison était prête à être habitée. Un imposant manoir avec des ornements riches et des promenades luxueuses qui reflétaient la grandeur, avec des salles dont l'aspect était majestueux a été construit.

– Merci beaucoup pour votre hospitalité et votre hébergement, cher ami, a déclaré le propriétaire en lui serrant la main en signe de gratitude.
– Ma maison est aussi votre maison, il a répondu.
– Chaque fois que vous avez besoin de moi, jour ou nuit, ma porte vous sera toujours ouverte.

Le propriétaire lui a demandé:

– Pouvez-vous appeler Geta pour m'aider à rassembler mes affaires?
– Bien sûr que je peux, a déclaré Tudosie.

Geta, une dame âgée, très sérieuse et diligente, était en charge des corvées. Elle n'avait jamais eu de famille à elle. Son seul parent proche qu'elle connaissait était un neveu et il avait quitté le pays. Il lui rendait rarement visite pendant les vacances et rentrait toujours trop tôt chez lui. Mme Geta était une femme courte et trapue aux cheveux bruns très bouclés. Elle parlait peu et seulement quand on lui parlait. Ses yeux noirs, cernés attiraient l'attention sur son travail acharné et ses nuits blanches qui étaient consumées par des pensées accablantes. Elle n'a jamais rencontré ses parents. Ils l'ont abandonnée, elle et sa sœur jumelle, quand elles avaient moins de trois mois. Elena, la sœur jumelle ne s'est pas trop réjouie de sa vie. Elle est décédée pendant l'accouchement en raison de saignements graves causés par sa rupture utérine pendant le travail. Le mari d'Elena s'est remarié immédiatement après ses funérailles. Sa nouvelle épouse ne voulait pas du bébé, donc Geta a dû élever son neveu par elle-même. Geta n'a jamais souri après son enfance. Elle regardait les gens avec un froncement de sourcils et toujours ennuyée. Si on ne connaissait pas la triste histoire de sa vie, on aura pensé qu'elle avait quelque chose contre toi. Malgré son apparence, elle avait une âme chaleureuse, miséricordieuse et noble qui était toujours prête à aider. Pour Dumitru, elle était devenue comme une mère aussi longtemps qu'il vivait chez son ami.

Dumitru a serré Tudosie dans ses bras et a quitté son domicile. Aidé de deux villageois, il a marché jusqu'à sa maison comme un palais. Il ne dormait pas bien car il était pressé de mettre en œuvre ses plans salauds dès que possible. Il a été torturé par le désir de devenir riche et ses pensées sombres se sont transformées en plaisirs malveillants. Personne ne soupçonnait rien. Il agissait en silence. Le jour, il portait son masque d'homme doux, noble et généreux. Il voulait attirer la paysannerie à ses côtés et il réussirait bientôt. Au cours des six mois qu'il a passés dans le village, il a soigneusement, avec précaution inspecté le comportement des gens tout en s'informant de leurs coutumes et de leur mode de vie. La plupart d'entre eux étaient pauvres et endettés. *Terrain favorable*, se dit-il goulûment.

Au début, il leur a offert de la nourriture et de l'argent. Un plan diabolique est né et s'est développé rapidement dans son esprit vorace. Il est rapidement devenu l'un des habitants les plus riches de Câmpina à cette époque-là. Une armée de serviteurs se contentant des restes des friandises et des guenilles, qui pour lui constituaient des ordures, satisfaisaient ses envies perfides. Il avait un pouvoir miraculeux de manipuler leurs esprits. Dumitru avait constamment tendance à considérer le titre de propriétaire qu'il possédait avec sa richesse comme un contrôle magique qu'il méritait sur les biens et sur le monde entier. Il a peint les murs de sa vie et de son existence en or et rien de plus. Le reste n'était respectivement que de la poussière et de la boue, les gens et leurs âmes. Leurs besoins étaient des murs invisibles pour le propriétaire saisissant.

Des nénufars blancs et jaunes flottaient sur le lac bleu, où Ruxandra et Răzvan se rencontraient dès qu'ils étaient très jeunes. À seize ans, lors d'une nuit de pleine lune, Răzvan s'est approché d'elle, l'a saisie par sa taille fine, l'a tirée vers lui et l'a embrassée pour la première fois.

Secouant, elle a dit:

—   Qu'est-ce que tu fais?

— Rien de mal! Je t'aime, Ruxandra. Tu es mon
univers et la raison de mon temps. Tu es ma
musique et mon lever de soleil. Tu es ma soirée
et mes larmes de minuit. Tu es la fée aux cheveux
roux de mes rêves, une fée qui surgit et disparaît
de façon inattendue. Je te donne ma vie avec tout
ce qu'elle est. J'embrasserais le sol derrière tes pas
et je construirais notre château de sable. Je le
défendrais avec mon être et je n'aurais pas peur
du tonnerre dans la tempête ni laisserais la nuit
me faire peur. La peur de te perdre est ma peur la
plus profonde. Je l'empoisonnerais de baisers et la
plongerais dans la profondeur de l'eau.

Avec de grands yeux fixes, Ruxandra le regarda
comme si elle regardait un fantôme. Răzvan ne lui avait
jamais parlé comme ça auparavant. Elle avait un mauvais
pressentiment et personne ne pouvait la comprendre à ce
moment-là. Plus aimant que jamais, il tenait Ruxandra
contre sa poitrine. Son corps frêle d'adolescente chaste
devient anxieux et ses pensées sont contrôlées par
d'étincelles étranges. *C'est ma soirée*, pensa-t-elle, résistant
aux émotions négatives.

— Allons-y. Je veux assimiler ce moment unique au
cœur de mon destin que je chanterai lors de mon
mariage.

Ils se connaissaient depuis la petite enfance. Ils couraient pieds nus dans des vêtements poussiéreux, riaient, jouaient, chantaient dans les rues du village qui n'avaient jamais été pavées. Ils étaient comme deux anges, heureux et insouciants. Ils étaient des collègues de banc dans les classes élémentaires et se souvenaient très bien des farces qu'ils jouaient avec les autres enfants. Le temps semblait passer devant leurs yeux; ils ont grandi et sont tombés amoureux l'un de l'autre. Ils avaient prévu d'être mari et femme et d'avoir deux enfants, une fille et un garçon. Il voulait que la fille lui ressemble et que le garçon ressemble à elle.

–   Je veux qu'il ait la couleur de tes yeux et leur regard, a-t-il dit, enchanté par cette pensée presque tout le temps.
–   Quels seront leurs noms?
–   Cătălin et Cătălina, a-t-il répondu à chaque fois.

Un vent violent et un nuage rouge ardent sont venus sur la colline solitaire à la périphérie du village où ils se sont rencontrés. Par crainte d'un orage violent, ils ont couru main dans la main jusqu'à leur domicile. Il l'a accompagnée jusqu'à sa porte, attendant qu'elle entre, puis courut chez lui comme un brigand étourdi proscrit tout le long d'un caniveau au bord de la route. Les collines ont subi l'attaque de la pluie froide de la tempête. La pluie a impitoyablement secoué les toits de tôle et s'est déchaînée à volonté sur la forêt et les prairies impuissantes. Les animaux se cachaient dans leurs abris et sortaient la tête de temps en temps avec des regards effrayés. L'herbe a commencé à sentir frais et les fleurs ont ouvert leurs pétales. Le lac bleu rugit au loin avec de l'eau qui fait rage dans un grondement de mort.

Ruxandra met son oreiller sur sa tête. Elle est gênée par des inquiétudes persistantes et des pensées sont dirigées vers Răzvan comme des fantômes sombres.

Il semble ressentir l'émotion inhumaine et devient très nerveux. Comme poussé par derrière, il se précipita chez Ruxandra au milieu de la nuit. Vêtu d'un imperméable vert menthe sur un mince T-shirt en coton, il se tient immobile devant la porte depuis plus d'une heure. Il y avait une obscurité effrayante tout autour et toutes les lumières de sa maison étaient éteintes. Quand il s'est finalement rassuré, il est retourné chez lui en regardant comme un ermite négligent. Il alla directement à son lit et s'endormit, le cœur battant très fort.

– Réveille-toi, mon fils, il est sept heures, il entend une voix douce le matin.

– Il est temps de se préparer pour aller aux champs aider ton père, la voix continue.

> — Nous ne savons pas dans quelle mesure la tempête a endommagé le village la nuit dernière. J'ai préparé ton petit déjeuner.

Toujours somnolent, il sort du lit, éclabousse précipitamment de l'eau froide sur son visage et s'assoit à table. Son père avait fini de manger et préparait le charriot et les chevaux. Răzvan a pris un petit déjeuner tranquille en pensant à sa petite amie.

> — Maria, mets plus de collations dans la sacoche. Nous ne savons pas combien de temps il faudra pour terminer le travail car il y a beaucoup à faire.

Le père de Răzvi[1] venait de Transylvanie et il a gardé le dialecte de la région dans son discours. Il avait rencontré sa femme lors d'une fête de baptême dans son village du nord du pays. Le jeune homme lui a immédiatement proposé car c'était une femme séduisante, très gentille et fidèle. Ils ont un mariage magnifique et paisible depuis vingt ans maintenant. Ensemble, grâce à un travail acharné, ils ont construit un petit ménage suffisamment pour leur assurer une vie quotidienne décente.

La maison de Ruxandra était vieille. C'était l'avant-dernière à la fin du village. À droite, le chemin menait à

---

[1] Forme courte du nom Răzvan

la vallée de Doftana, et à gauche, on pouvait voir l'épaisse forêt de hêtres.

Ruxi[2] avait créé son propre coin de paradis dans le jardin de la maison. C'était un coin avec les fleurs les plus belles et les plus exquises, avec une belle odeur et des taches de couleur. Sa chambre était fraîche, avec la fenêtre donnant sur le jardin. À côté de sa chambre, il y avait deux autres chambres face à face. Elles avaient des fenêtres en treillis avec une végétation luxuriante. Des meubles à l'ancienne occupaient la plupart des pièces.

Son père, Puiu, était un homme rude et coriace. Il avait l'habitude de frapper et de punir sa mère et elle chaque fois qu'il en avait l'occasion. Puiu avait des problèmes d'alcool et passait du temps au pub du village. L'homme rentrait ivre à la maison et était toujours prêt à devenir violent. Sa mère l'a toujours défendue parce que Ruxandra avait été un bon enfant gentil. Elle ne pouvait pas toujours faire face à ses manifestations violentes. Elle prenait sa fille et restait enfermée dans la chambre de la dernière, loin de la colère de l'homme agressif. Puiu n'aimait pas travailler non plus. Marcela était celle qui dirigeait la maison en cousant des taies d'oreiller et des couvertures en laine à vendre à la foire. Elle achetait des nécessités avec l'argent qu'elle gagnait et elle n'a jamais emprunté d'argent.

---

[2] Forme courte du nom Ruxandra

Un nouveau matin ressemblait à un enfant bâillant et endormi dans une nature simple et joyeuse.

Il y avait tout une agitation et hâte sur les ruelles tortueuses et tordues du village. Certaines personnes se précipitent aux champs avec des pelles sur les épaules prêtes à travailler la terre tandis que d'autres se dirigeaient vers la foire avec des animaux bruyants. Des enfants avec des sacs à dos se dirigent vers l'école du village. Le propriétaire Dumitru continuait à regarder comment son but malicieux a été atteint. Il annonce aux villageois et à ses assistants de demander à tous les paysans qu'ils rencontrent qui voudraient l'aider à traiter l'or noir trouvé sur son domaine.

À cette époque-là, la plupart des gens travaillaient dur aux champs, dans l'agriculture. Ils gagnaient leur vie en coupant et en transportant du bois dans des charriots tirés par des chevaux ou des bœufs. Ils coupaient le bois pour le chauffage ou le sculptaient en objets décoratifs qu'ils emmenaient à la foire le vendre aux riches. C'étaient les paysans libres que le propriétaire voulait comme esclaves. Ils étaient très pauvres vivant dans des maisons en bois ou en terre. Cependant, ils avaient des fours et des poêles qu'ils utilisaient pour chauffer leurs chambres et cuire leur nourriture. Ils faisaient du pain et du gâteau avec de la pâte pétrie. Ceux qui étaient un peu plus riches élevaient des cochons, du bétail, des oies et des dindes. Ils les tuaient et fumaient la viande au feu de bois. Les villageois la stockaient dans le grenier ou la cave de la maison, la gardant jusqu'à l'hiver, lorsque la vie à la campagne était encore plus difficile.

La ruse du propriétaire sournois faisait rage à l'extérieur de ses yeux noirs et froids comme une arme tranchante, de sorte que n'importe qui pouvait voir son hypocrisie. Juste en bas de la colline, il se détendait confortablement dans son manoir qui était composé de trois niveaux, un sous-sol, le rez-de-chaussée et l'étage. Pendant qu'il se détendait, il cherchait dans le fond de son esprit la meilleure façon de les attirer au plus vite. Les paysans au sort maudit travaillaient du matin au soir sur son domaine. Ils mangeaient ce qu'ils pouvaient chaque fois qu'ils le pouvaient. Certains d'entre eux n'avaient ni domicile ni famille, ils se réveillaient donc à l'aube et travaillaient sans interruption, de peur d'être chassés du manoir.

Plusieurs nuits, Marcela, la mère de Ruxandra, a pleuré parce que son mari n'était bon à rien. Quand elle a appris la nouvelle qu'un magnat local cherchait des gens pour travailler, elle a dit à Puiu:

— Ne sois plus paresseux. Habille-toi et cours vers le manoir sur la colline car les fils de Tudor, ton oncle, les voisins de l'autre côté de la rue et George de Niculae, le gars qui travaillait avec les ruches y sont également allés. Ruxandra a grandi. Si nous avions un peu d'argent, nous pourrions l'envoyer à une meilleure école de la ville.

Puiu ne se souciait pas de sa fille. Sa seule préoccupation était de ne rien faire, sauf de perdre du temps à raconter de mauvaises histoires et à boire avec des gars comme lui.

Dans l'air de la chambre de Ruxandra, des enfants des ténèbres entourés de démons musicaux alignés dansaient sur un ring. L'inconnu s'enroule à nouveau autour d'elle en l'attirant dans une aventure anonyme et forcée, et la capture dans ses griffes effrayantes cauchemardesques. Une passion est laissée derrière et son corps tremble au son des eaux implorantes et des voix grognant. Une anxiété sévère accompagne la peur qui s'est installée dans toutes les parties de son corps alors qu'elle a une crise de panique. Elle a peur et des émotions inexpliquées et le sentiment et le soupçon que quelque chose de mauvais peut lui arriver. Elle trouve du réconfort dans les sentiments de Răzvan. Elle croit qu'ils sont du Tout-Puissant et la défendra et la protègera de tout danger pervers. Elle se souvient de leur mariage de rêve. Il y a beaucoup d'invités, de nombreux bouquets de fleurs rouges, des demoiselles d'honneur habillées de rose, des chars décorés et des violoneux.

Răzvan ressent à nouveau instinctivement de l'anxiété et une profonde déception envahit son âme douce. Ruxandra est là dans ses pensées.

> — Ruxi, ça va? lui demanda-t-il avec nostalgie sous l'influence de sa nouvelle attaque de panique.

Răzvan était un jeune homme distingué et noble dont la noblesse n'était pas entre les mains de l'argent. Il l'aimait sincèrement et prévoyait de lui proposer l'année prochaine à l'âge de dix-huit ans. La principale raison pour laquelle il souhaitait l'épouser était parce qu'elle était la fille la plus belle et la plus brillante du village. Elle était également intelligente et bien éduquée, malgré les habitudes de son père. Il savait qu'il ne pourrait jamais aimer une autre fille aussi profondément. *Elle ou personne d'autre*, pensait-il.

Par un après-midi froid, une longue file d'hommes se tenait à la porte du propriétaire en attendant de conclure l'accord avec lui. C'était un aristocrate aux cheveux blancs avec quelques taches chauves et une longue moustache touffue avec les pointes tordues vers le haut. Il avait une stature droite et imposante qui promettait une sécurité financière. L'un des hommes qui attendait était le père de Ruxandra. Il était plus ivre que sobre. Grognon, il décida à l'insistance de sa femme d'y aller. Le propriétaire se tenait au seuil de la porte. Tout le monde pouvait voir la fierté d'un noble avec beaucoup d'argent dans ses yeux penauds. Il était accompagné de son ami Tudosie. Tudosie a été le premier à parler. Il a dit à la foule rassemblée que Dumitru avait de grands projets en vue. Il voulait créer la première raffinerie du pays et du monde avec des matériaux allemands. Il a assuré à tous qu'ils seraient riches en or et en argent à condition que les travaux commencent le lendemain matin. Selon Tudosie, l'ingénieur pétrolier, ils devaient commencer à creuser des fossés où les câbles seraient installés et les tuyaux seraient montés. Le propriétaire possédait 200 hectares de champs de pétrole au bout du village. Il voulait construire une raffinerie moderne sur une surface de 12 hectares avec l'aide de Tudosie et des 60 ouvriers qui l'avaient accepté. Le terrain a été préparé très soigneusement et les matériaux étaient sur la route d'Allemagne prêts à arriver à Câmpina. Les ouvriers, cornemuseurs et serruriers étaient également préparés.

Un nouveau jour est né. Le ciel s'ouvre au-dessus du village du département de Prahova et le soleil s'est levé comme un bouquet de roses jaunes et semblait être une icône dans sa simplicité.

Pendant que Dumitru était occupé et impliqué dans son entreprise, Ruxandra et Răzvan se sont rencontrés au bord du lac bleu. Ils étaient entourés de roseaux de rêve ornés de fleurs de lys blancs. À la surface, le ciel turquoise était reflété et l'eau ressemblait à des images de contes de fées.

— Ruxi, jetons un sou dans le lac et faisons un vœu, a déclaré Răzvan avec un large sourire aux lèvres et rayonnant de bonheur.
— J'y vais, répondit Ruxandra avec enthousiasme.
— Toi d'abord, dit-il poliment.
— D'accord!

Ruxandra jeta une pièce dans les eaux calmes et fit un vœu sans être entendue.

— Maintenant c'est ton tour, l'invite-t-elle avec enthousiasme.

Răzvan est resté immobile tenant la pièce dans sa main avant de la jeter dans le lac. Il fit un vœu dans son esprit, lança la pièce et tourna son visage vers Ruxandra. Regardant dans ses beaux yeux aussi verts qu'une émeraude, il lui dit dans un murmure tendre:

— Je t'aime, chérie. Tu es tellement merveilleuse et belle!

Quand il se tut, l'eau se mit à bouillonner et un bruit étrange comme un hurlement dans la forêt lui donna des frissons le long de sa colonne vertébrale. Il ne bougeait pas et était stupéfait d'horreur, car lui seul pouvait l'entendre. Le garçon devint pâle comme s'il avait vu un fantôme. Sa respiration est devenue saccadée et rapide parce qu'il avait peur. Il inspira rapidement et se sentit mieux, mais il resta là pétrifié pendant quelques secondes.

De la chaleur comme un feu brûlant fermentait dans son corps apparemment caillouteux et des milliers de pensées, complètement étrangères à lui, l'envahirent, troublant son esprit. Heureusement, il sentit bientôt son sang se calmer et ses émotions inhabituelles s'éteindre. Il s'efforça de sembler de bonne humeur et de sourire, ne voulant pas attrister Ruxandra également. Comme s'ils voulaient s'enfuir, ils sont partis ensemble pour la maison de Răzvan. Sa mère, Maria, avait préparé la table pour eux. Ils ont mangé un plat de poulet au riz, une soupe de légumes à la crème, un gâteau fait maison avec des griottes et du jus de raisin.

Pendant qu'ils déjeunaient, un nouveau sentiment d'inquiétude surgit dans l'âme de Răzvan. Un mélange de sentiments énigmatiques et de prescience l'enchaîna davantage, le subjuguant et l'attirant captif pendant quelques secondes dans leurs griffes féroces. Entravé par des pensées mystiques, il est devenu pâle et choqué parce que des forces inconnues l'ont frappé profondément dans sa jeune âme et lui ont envoyé des signaux alarmants. Son regard devient brouillé et il avait l'air malade. Ruxandra le remarqua et paniqua, renversant son jus de raisin.

– Je m'excuse, a-t-elle dit et s'est levée de la table à la recherche d'une serviette pour absorber le jus renversé.

– Răzvan, que se passe-t-il avec toi? Est-ce que tu te sens bien!? Tu es un peu pâle. Est-ce que quelque chose te fait mal?, a-t-elle demandé, tendue, ne sachant pas pourquoi Răzvan était presque évanoui.

Entendant la voix de son amour, Răzvan a rassemblé ses dernières forces et ne voulait pas qu'elle sache que ses démons intérieurs le tourmentaient depuis plus de deux semaines et lui a dit d'une voix timide, lui mentant:

– Je me sens bien, mon amour. C'est probablement une indigestion de la nourriture. S'il te plait ne t'inquiète pas. Je me sens mieux maintenant.

Ruxandra avait l'air nerveux et a poliment demandé à Răzvan de l'accompagner chez elle.

– Il est tard et il est temps de rentrer à la maison. Mes parents m'attendent. Passez une bonne journée!, a-t-elle souhaité à Maria.

— Bisous, belle fille. Prends bien soin à toi, a-t-elle répondu heureuse de la visite de Ruxandra.

— Nous attendons de te revoir.

La nuit tombe sur le village et les portes des maisons étaient verrouillées. L'obscurité était comme un jeune homme en colère parce que la lumière refusait d'être son épouse et elle couvrait la voûte céleste de sa paume pourrie. Les étoiles étaient cachées et le ciel était noir et sans lune. La colline plongeait dans une nuit aveugle et seules les eaux scintillaient de fringales folles. Il n'y avait personne dans les rues, ni créature, ni humain, ni chien errant. Le village était enveloppé dans un silence fantomatique de tombe. Une étrange nuit éclipse la région, la Terre semble engourdie et sans vie, et seul un abîme noir survit et progresse dans l'Univers.

Il s'éclaire le matin. Un matin paresseux où personne ne veut se réveiller. Ruxandra s'est réveillée de son sommeil profond et s'est enfuie chez Răzvan. Elle frappa à la porte et entra dans sa chambre. Il était toujours au lit.

— J'ai fait un rêve étrange, a-t-elle commencé à lui raconter.

— Vas-y, dis-moi, de quoi s'agissait-il dans ton rêve?

— J'ai rêvé que la guerre avait commencé. Tu avais rejoint l'armée et étais parti pour le champ de bataille. Ce fut une terrible guerre mondiale.

Tu étais dans l'un des trains avec les soldats se dirigeant vers les lignes de front. Dans mon rêve, c'était l'hiver et tu étais gelé.

Răzvan a souri et l'a réconfortée en disant:

—   Ce n'était qu'un rêve. Je suis à tes côtés et je ne te quitterai jamais, a-t-il dit en la serrant dans ses bras.

Ruxandra le croit et commence à se sentir en sécurité.

—   Allons dans la cuisine pour dire à ma mère de nous faire du café au lait. Tu en veux?, a-t-il demandé.
—   Oui, j'en veux.
—   Bonjour, Mme Maria.
—   Bonjour, ma fille. Asseyez-vous à la table. Je vous prépare le petit déjeuner.

Ils mangeaient en silence tout en se regardant de temps en temps avec des sourires chaleureux sur leurs visages. Maria leur a fait des omelettes avec du fromage salé, du pain grillé, du thé à la menthe sucré avec du miel et du café au lait.

—   Merci pour le repas, ont-ils dit.
—   Pour votre santé, mes chers.

Alors que Maria nettoyait la table, le jeune couple se leva et se prépara à partir.

– Allons voir mon père, suggère Ruxandra.
– Il travaille chez le fier propriétaire qui a construit ce grand manoir au bas de la colline. Il construit une raffinerie. Papa travaille avec lui depuis la semaine dernière.
– Allons-y, a-t-il dit.

Ils traversent une ruelle pavée avec grand soin car la route longe une vallée dangereuse. C'était un raccourci vers la périphérie du village où il y avait beaucoup de monde et beaucoup de bruit avec la construction de l'unité industrielle qui bat son plein. Puisqu'il y avait tellement de monde, Ruxandra réussit à peine à voir son père. Elle le voit tout près et lui fait signe. Ils ont été pris au milieu du chantier qui devait devenir la première grande raffinerie au monde. Ils avaient commencé la construction des parcs des réservoirs, le montage des installations et des fours.

– Bonjour, papa!
– Ruxandra, que fais-tu ici?
– Je suis venue te voir.
– Je ne peux pas te parler trop longtemps. Je dois retourner au travail. Ici, le respect de l'horaire de travail est crucial, explique-t-il.

– D'accord, papa, je ne te retiendrai pas. Bon travail!

– Au revoir, M. Puiu.

Ruxandra était heureuse d'avoir pu voir son père travailler. Alors qu'ils rentraient chez eux, ils ont vu Dumitru, le célèbre propriétaire, monter dans une belle charrette lumineuse. Elle était recouverte d'or et de pierres précieuses, tirée par deux superbes chevaux, et conduite par un célèbre cocher du village. Dumitru était vêtu d'un smoking noir foncé avec un haut de forme qui lui donnait un aspect d'une élégance rare. Lorsque la charrette les dépassa, Ruxandra baissa les yeux, embarrassée tandis que Dumitru ne pouvait détacher ses yeux de la magnifique rousse. Il est tombé amoureux d'elle et a commencé à se demander qui elle était et qui étaient les parents de la fille parce que c'était la première fois qu'il la vue.

– Drăghici, la rousse qui vient de passer à côté de nous, savez-vous qui sont ses parents?

– Non, maître, répondit le cocher perplexe.

– Je ne l'ai jamais vue auparavant.

Des milliers de pensées incontrôlées et des questions sans réponse ont commencé à germer dans son esprit. Un soupçon qu'il ne voulait pas être réel ravageait tout son être.

—   Qui est le jeune garçon qui l'accompagnait? Est-
    elle fiancée? Aime-t-elle quelqu'un d'autre? Non,
    non, ça ne peut pas être vrai! Je délire! Elle est
    célibataire et elle sera à moi!

Le propriétaire était très nerveux, jour après jour,
nuit après nuit, heure après heure, de l'aube au soir. Il se
demandait constamment «est-il possible de la revoir ou
de lui parler?»

Il avait l'impression de devenir fou. Un rire calme et
effrayant résonna et rassembla tous les mauvais esprits
cherchant désespérément un rayon de lumière en lui. Il
essuya des gouttes de sueur froides de son front et se
précipita avec colère vers la cuisine. Il prit un verre dans
le placard, le remplit d'eau et but à bout de souffle le
liquide froid.

Une pluie torrentielle s'est abattue sur les forêts et les
prairies entre les collines.

La nuit, Ruxandra entend une voix fascinante
et captivante. Cela la séduit et elle se laissa emporter.
Elle quitta sa maison au milieu de la nuit comme si elle
somnambulait. Ruxi était à peine vêtue. Comme si elle
était hypnotisée, elle se dirigeait vers un endroit glissant,
humide et marécageux. C'était une zone forestière et
de nombreux oiseaux pouvaient être entendus crier. Ils
semblaient aussi effrayants que des chiens en colère qui

aboyaient. Elle regarde droit devant elle sans se tourner vers la gauche ou la droite et sans regarder en arrière. La jeune fille se laissa emporter par la magie et espèra qu'elle l'accompagnerait chez Răzvan. Elle arriva près d'un mystérieux lac bleu où les vipères avaient leur habitat sur les rives boueuses et une chanson de flûte sonna doucement. Les serpents quittèrent leurs cachettes et commencèrent à danser autour d'elle. Ils se recroquevillaient sur son corps mince quand soudain un éclair violet tombe du ciel sur l'eau maudite. Un serpent aux écailles sombres souleva sa tête du sol et siffla sauvagement, crachant du venin noir de sa bouche grande ouverte. Ruxandra sursauta comme si la magie s'évanouissait. Elle se sentit ses genoux trembler et extrêmement étourdie, elle se réveilla du cauchemar. Les yeux grands ouverts, effrayée par la vue terrible de cet endroit aussi sombre que sinistre, elle hurla terrifiée. Elle perdit son équilibre et tomba doucement au sol. De sa main droite, elle tint les branches rugueuses d'un petit arbre. Encore une fois, elle tomba au sol. Presque essoufflée, elle rampa avec ses dernières forces vers le seul banc de l'allée. Sur ses mains et ses genoux, elle saisit un des pieds du banc et essaya de se lever.

Un nouveau matin se lèva au-dessus des feuilles et des fruits recouverts de rosée fraîche. Un pêcheur amateur, qui venait de lancer sa canne, vit Ruxandra et alla l'aider. Il avait peur car elle s'était évanouie et sa tête pendait d'un côté. L'homme vint l'aider. Comme par magie, elle ouvra les yeux et regarda l'homme qui la portait. Le brave pêcheur la déposa sur le banc et la fit boire de l'eau d'une bouteille verte.

— Qu'est-ce qui m'arrive? Où suis-je? Pourquoi suis-je ici?
— Fille, tu étais tombée sur l'herbe près du banc là-bas, a-t-il dit en montrant l'endroit où il l'avait trouvée.
— Que fais-tu ici à cette heure de la journée? Tu t'es évanouie, alors je suis venu t'aider.
— Je ne sais pas pourquoi je suis ici. Je devrais être à la maison dans mon lit, marmonna-t-elle, à peine capable de parler.
— Quel est ton nom, fille?

Elle ne comprend pas facilement la question et il lui fallut beaucoup d'efforts pour se rappeler qui elle était.

— Je m'appelle Ruxandra et je veux rentrer chez moi.
— Tu crois que tu peux rentrer chez toi?
— Oui, si je reste calme. Merci de votre aide. Je vous en suis reconnaissante.

Souhaitant rentrer le plus tôt possible, Ruxandra, perdue dans ses pensées et perdue dans l'espace, elle suivit le chemin le plus court. Elle entra prudemment dans la cour sans faire le moindre bruit. Il y avait un silence absolu. Les poulets dormaient et même le vent était calme. Ses parents étaient toujours dans leur chambre et elle est entrée sur la pointe des pieds pour ne pas être entendue. Elle a entendu les pas de son père dans la cuisine après un certain temps. Il a pris un seau et est sorti puiser de l'eau de la fontaine. Puiu s'est lavé le visage dans un petit bassin bleu et est allé travailler sans même avoir de collation. La ponctualité pour le propriétaire avare était une loi d'or.

Pendant ce temps, Dumitru, ne faisait que demander à tout le monde dans le village qui était la fille merveilleuse. Il a dit que si quelqu'un découvrait qui elle était, alors ils devaient venir le lui dire. Plus tard, après plusieurs jours de recherches, il apprit auprès du propriétaire du site que la jeune fille a eu une brève conversation avec Puiu, qui aidait à mettre en place l'installation principale. Sans réfléchir et sans se soucier de personne ou de quoi que ce soit, il alla à Puiu et lui demanda:

— Est-ce que la fille qui est venue ici il y a quelques jours est ta fille?
— Oui, répondit-il d'une voix tremblante. Il craignait d'être réprimandé.

Avec une lueur étourdissante dans ses yeux, une étincelle d'éclat apparaît sur son visage perfide depuis qu'il a appris que le père de la jeune fille était un de ses serviteurs, il a commencé à se comporter bien avec lui et a radicalement changé son attitude envers lui. Un jour, sur le chantier, Dumitru proposa à Puiu de se rencontrer après le programme de travail. Il lui dit que ce serait un grand plaisir de lui rendre visite chez lui pour discuter. L'homme riche convainquit Puiu qu'il était très impliqué dans la vie de ses employés, il ne devrait donc pas hésiter à demander de l'aide et du soutien pour tout ce dont il avait besoin. Puiu accepta tout de suite sans soupçonner les pensées déviantes qui étaient dans l'esprit cupide de l'homme. De toute façon, il se souciait très peu de sa fille. Bien qu'elle soit sa propre chair et son propre sang, elle était la dernière personne à laquelle il tenait. Cependant, elle était une bonne fille et l'aimait beaucoup.

Un soir avec une pleine lune et un ciel clair et féérique, Dumitru est arrivé chez Ruxandra. Il est arrivé dans une charrette de conte de fées et était vêtu d'une tenue simple mais élégante. Le cocher sortit de la charrette et ouvrit la porte comme un domestique. L'ensemble du scénario était parfaitement composé pour justifier sa présence et la visite inattendue.

Surpris, mais heureux en même temps, Puiu dit:

– Je ne m'attendais pas à vous voir ce soir, M. Dumitru.

La mère de Ruxandra était fascinée par la présence du propriétaire dans leur humble maison. Elle se précipita pour allumer le feu et préparer un dîner rapide pour Dumitru, qu'il mangea avec un bon appétit. Ruxandra était toujours dans sa chambre en train de lire un livre.

— Ruxi, a appelé sa mère.

— S'il te plaît viens, ma chérie et aide-moi à apporter ces plateaux à gâteaux à la table. Nous avons un visiteur. Viens lui dire bonjour.

Ruxandra, timide, tenant une assiette pleine de gâteaux faits maison, le salua poliment sans enthousiasme. Il avait envie de crier de joie en voyant Ruxandra et en étant si proche d'elle. *Finalement! Finalement!* il marmonnait dans son esprit.

Dans sa maison, Răzvan, avait de nouveaux moments d'agitation et de terribles souvenirs l'entrainent. Les mêmes sentiments orageux et les mêmes émotions creuses secouaient sa jeune âme. Un mauvais présage se glissa dans son cœur.

En même temps, Dumitru laissa couler quelques gouttes d'eau-de-vie de prune dans sa gorge. Elle a été préparée par Marcela, la mère de Ruxandra. Il dit à Puiu qu'il n'a pas à venir travailler le lendemain car la raffinerie est presque prête. Il ne reste plus qu'à vérifier l'équipement. Pour avoir l'air généreux et gagner sa confiance, il offra mensuellement à Puiu, une somme d'argent. C'est comme une allocation de chômage. Puiu, un natif paresseux, accepta l'offre sur place. Ils ont bu un autre verre de cognac pour leur affaire.

> — Ruxandra, plus d'eau-de-vie, s'il te plaît, lança-t-il avec joie maintenant qu'il savait qu'il gagnera de l'argent pour faire plus d'alcool juste en restant à la maison.

Après avoir dîné et bu plusieurs verres de vin et d'eau-de-vie, Dumitru, c'est-à-dire Mitică, satisfait de son succès, leur souhaita une bonne soirée et partit rentrer chez lui se coucher. Il est allé se coucher sur des draps coûteux et s'endormit rapidement. Des étoiles brillantes ornaient le ciel nocturne.

Ruxi était assise sur le porche de sa maison et admirait la vue spectaculaire du monde, la couleur et l'intensité de la lumière. Elle était assise au même endroit où ses ancêtres étaient assis il y a des siècles alors qu'ils regardaient des étoiles rougeâtres qui changeaient de couleur et d'intensité de temps en temps. Ruxandra, fatiguée, est allée dans sa chambre. Elle est petite mais joliment décorée avec un artisanat de la région de Munténie. La fille ouvre sa fenêtre pour dormir jusqu'à l'aube.

Au cours des prochains jours, le propriétaire envoya de la nourriture, des vêtements et de nombreux autres cadeaux à la famille de Ruxandra, par l'intermédiaire de son cocher le plus fidèle. Elle les considèrait comme aide et support de la part d'une âme noble, et elle était toujours heureuse de les recevoir. Elle était profondément reconnaissante et souhaitait bonne santé et longue vie à cet homme «généreux».

Un après-midi ensoleillé, Ruxandra et Răzvan se rencontrent dans les clairières traversées par une route rocailleuse. Ils posent une couverture sur le tapis vert de l'herbe et s'assoient à l'ombre d'un arbre. Le parfum des fleurs sauvages était éblouissant. Răzvan cueille des fleurs rouges, jaunes, violettes, roses et bleues et fait une couronne qu'il a placée sur la tempe de Ruxandra. Des oiseaux aux plumes aux couleurs vives et aux yeux vert émeraude flottaient sous la voûte de lumière. Des champs de tournesols et de maïs mûr se déroulaient devant eux tandis que leurs yeux étaient envahis par le jaune décoratif. Les grillons noirs étaient en compétition dans leur chanson pour voir qui serait le chanteur principal. Des coccinelles rouges à pois noirs et des coccinelles jaunes à pois blancs reposaient sur des brins d'herbe plus hauts. C'était un spectacle céleste, et leur amour avait la distinction d'une reine de l'univers. Des sourires comme des princesses jumelles étaient sur leurs visages gracieux et élégants. Ils déballaient leur sac de fruits et les partagent entre eux.

— Tiens, une poire!

Ruxandra prit une bouchée du fruit savoureux et dit:

— Elle est très douce!
— Ce n'est pas plus doux que toi ...

Ruxandra rougit et baisse les yeux pour lui jeter un coup d'œil.

— Ma douce! Tu as l'air si bien avec la couronne sur ta tête! Tu ressembles à une fée.

Les cheveux rouge vif au niveau de la taille de Ruxandra brillaient au soleil.

Un mardi au crépuscule, Dumitru envoie Tudosie chez Ruxandra pour chercher Puiu et l'amener personnellement à sa place.

— Marcela, fais du café pour M. Tudosie.

Il s'habilla à la hâte et se précipita chez le propriétaire avec Tudosie. Derrière la porte, il y avait une grande cour en demi-cercle. Elle était entourée d'une clôture en bois et ombragée de peupliers, d'acacias et de noyers. Sur la droite de la cour, il y avait la ferme et les granges, et sur le côté gauche de la cour, il y avait des vignobles et des jardins avec des fleurs multicolores. Les roses rose étaient les plus belles qui enivraient avec leur parfum. Il avait caché un trésor de nombreuses monnaies et objets anciens de grande valeur dans la cave. Personne ne le savait. La porte de la cave était fermée par une grande serrure et personne n'avait la clé. Une armée de domestiques vivait dans la maison voisine. Elle abritait également la cuisine où toute la nourriture était préparée et les dépendances. La cuisinière était une grande femme, avec un teint olive, de grands yeux verts, un visage long et plein, et des lèvres rouges souriant de satisfaction. Une satisfaction de femme au foyer qui n'a pas d'autre objectif dans la vie. Elle portait toujours une fanchon sur la tête. La femme avait des mains bien travaillées avec de longs doigts et des ongles courts et bien entretenus. Tout habitant de la maison vivait tranquillement. Il y avait des troupeaux d'oies, de dindes et de poulets partout. Les domestiques travaillaient de l'aube au crépuscule. La maison de Dumitru était assez silencieuse, mais assez peuplée et propre. Les chambres étaient spacieuses et meublées avec élégance et raffinement du style le plus convoité au monde. Il y avait des peintures artistiques et dramatiques de personnages mystiques, avec des finitions en bronze, argent et or sur les murs. La salle à manger occupait une grande partie du manoir. C'était la salle où se tenait tout évènement avec des invités d'honneur et des violoneux de renom. Les chaises et les tables ont été fabriquées à la main, à partir de la plus haute qualité de bois de noyer. Les coussins sur les chaises étaient recouverts de velours violet. Les canapés étaient décorés de dessins de fleurs, d'anges, de bergères. Dumitru invita Puiu à s'assoir à la table pleine de friandises. Puiu resta silencieux à regarder fixement tant de richesse et d'or. Les vieux vins sur la table en bois massif étaient les premiers qu'il veut goûter. Il n'a jamais vu autant d'alcool cher dans sa vie.

Un domestique, petit et mince comme un enfant, remplit deux verres d'eau-de-vie et les amena sur un plateau à table.

- À votre santé encore une fois, a dit Dumitru d'une voix forte.
- Bonne chance! Et parce que nous sommes ici dans ma maison, je vais vous dire quelque chose, marmonna-t-il en regardant Puiu droit dans les yeux.
- Que diriez-vous si nous étions des parents?
- Comment? demanda Puiu.
- Viens avec moi et je vais te montrer quelque chose.

Alors que les deux descendaient dans la cave du manoir, Dumitru fit signe à Puiu de le suivre. Puiu frissonna et regarda autour de lui avec des yeux interrogateurs.

- Regards ce trésor! Tout l'or ici, toutes les pièces et tout vous appartiendra si tu acceptes ma proposition.

Puiu, étonné, ne comprenait pas les mots de Dumitru.

—   Que devrais-je faire pour gagner autant de richesse?
—   Tu n'as pas besoin de faire grand-chose, le rassura Dumitru.
—   Je veux juste que tu me donnes ta fille en échange de toutes les richesses d'ici. Je vous donnerai également les deux maisons sur la colline et tout le verger situé près du champ, a-t-il poursuivi sans laisser à Puiu le temps de répondre.
—   J'accepte, répondit immédiatement Puiu.
—   Ruxandra sera ta femme! Je pense qu'elle sera très heureuse quand elle va l'apprendre.

Puiu vend sa fille sans scrupule, sans aucune considération morale et sans sentiments de remords ou de pitié. Il ne pensait même pas au fait que Ruxandra venait d'avoir vingt ans, alors que Dumitru avait la soixantaine!

—   La raffinerie est opérationnelle, rappelle-t-il à Puiu.
—   L'extraction de pétrole a commencé, nous la traitons et nous avons déjà commencé à l'exporter. Je ne suis pas immortel. Il essayait d'être de plus en plus convaincant.

— Si nous devenons parents et que Ruxandra est ma femme, alors tout ce que j'ai est la sienne. Cette maison serait aussi la vôtre. Je n'ai pas d'autres héritiers, déclare-t-il rapidement.

À l'improviste, une brume d'un noir profond recouvre les beaux yeux de Ruxandra et elle se sent engourdie. Les ténèbres comme une bête aiguisant ses griffes invoquaient des démons maléfiques pour attaquer. Une sueur froide inonde violemment son corps. Elle pouvait à peine respirer et sentait la peur dans la chambre. La fin avait l'apparence d'un lac et elle le sentit approcher. Elle semblait flotter au-dessus de l'eau bleue. La jeune fille était dans une robe de mariée style princesse ornée et brodée de fine dentelle et bien ajustée à son corps.

Răzvan, fatigué, s'allongea sur son lit. Un profond silence l'entoura comme si tout le monde était pris dans un profond sommeil. Un froid douloureux transperça son cœur. La vieille lampe à gaz diffusait une faible lumière jaune. Soudain, Răzvan éclata dans un cri terrible, désespéré et incontrôlable. Assis au bord de son lit, il hurla de douleur, cachant son visage dans ses mains. Des larmes coulaient de ses yeux et la peur se propageait autour de son regard comme s'il attendait la fin. Après quelques heures, les soupirs cessaient enfin dans son corps tremblant.

Dans sa chambre, Ruxandra était assise dans un fauteuil près de la fenêtre. Il y avait une si belle vue à l'extérieur. C'était comme une peinture, avec des rives couvertes d'une brume blanche à l'horizon, et des nuages galopant au ralenti sur les eaux célestes. Le flux naturel de ses pensées s'arrêta soudain. Les émotions la saisissaient et elle savait qu'elle ne pourrait pas rester consciente longtemps. Dans son esprit, elle vit un endroit isolé entouré d'arbres en fleurs parfumant l'air et lui donnant un silence spécial. Ruxandra sentit une terrible haine menaçante scintiller dans ses yeux fatigués. Son père rentra à la maison juste après 20 heures.

D'une voix aboyante, son père dit:

— Ruxandra, viens ici maintenant.

Dès qu'il a fini de parler, l'univers de Ruxandra s'est transformé en champs en feu et en forêts inondées. Son père s'approcha d'elle et commanda d'un ton brutal tout en souriant moqueur:

— Prépare-toi pour ton mariage, il babilla et rit, ensuite il dit:
— Personne ne saura à quel point je suis riche maintenant. Tu seras l'épouse de l'homme le plus célèbre du village.

Ressemblant à un loup affamé qui veut déchirer sa proie, il dit d'une voix imposante:

– Tu épouseras l'homme le plus riche du village. Tu obéiras, a-t-il continué de commander d'un ton dur. Il l'a menacée sans pitié en disant:
– J'ai donné ta vie et je te tue!

Des grondements de tonnerre hurlaient dans le ciel nocturne envahissant ses pensées. Presque languissant, au fond de cette horreur on entendait la mélodie de deux violons. Elle délira. La fille mit ses mains sur ses oreilles et courut la rue comme un fantôme au milieu d'une sombre tempête. Les fleurs blanc-jaune de verveine citronnée tissaient l'espoir et composaient un tapis posé sur le sol humide. Au loin, les éclaboussures des eaux bleues sonnaient comme une cloche. Elle avait l'impression de marcher dans des sables mouvants. En se promenant, elle se dirigea vers la maison de Răzvan.

Les yeux de Dumitru brillaient dans la nuit alors qu'il regardait la photo de Ruxandra. Devant lui, l'étoile du soir brillait mystérieusement, attendant un autre matin.

Dans sa chambre, Răzvan gémissait et pleurait de larmes se transformant en perles rouges, sanglantes.

Une obscurité suffocante tomba sur le village. Sur la table, la flamme du vieux chandelier a commencé à clignoter et à grésiller, puis elle s'est soudainement éteinte.

À travers les rideaux blancs de la fenêtre, des anges de la nuit tremblaient dans l'air rural. Ruxandra frappa à la porte! Răzvan sursauta! Il essuya ses larmes avec sa manche et se précipita pour ouvrir la porte.

— Qui pourrait être ici à cette heure?, se demanda-t-il en ouvrant la porte.

— Ruxandra! Qu'est-il est arrivé? Ton père t'a-t-il renvoyé?

À sa vue, ses pensées ne lui faisaient plus mal. Avec obéissance, ils ont suivi sa volonté. Il était seul à la maison car ses parents étaient dans la capitale pour rendre visite à un parent. Ruxandra était pâle et son corps était épuisé à cause des personnes toxiques et de tout ce qui se passait dans sa vie.

— Entre, Ruxi, lui prenant doucement la main, il l'invita dans la maison. Réprimant à peine sa panique, il a dit:

— Qu'est-ce qui est arrivé? Asseye-toi ici et dis-moi.

Ruxandra fond en larmes. Elle pleurait de peur, de fatigue et de confusion.

— Papa ... veut que j'épouse ce vieil homme qui a la raffinerie, a-t-elle dit.

Sa voix tremblait et elle pouvait à peine lui dire ce qui s'était passé.

— Nooooo, cria-t-il.

— Non! Fuyons, Ruxandra. Attends que je prenne des vêtements et nous partirons!

Attaquée par une autre vague de douleur, elle enfouit son visage dans l'épaule de Răzvan et murmura:

— Je ne peux pas ... Ramène-moi à la maison, s'il te plaît.

Les jours et les nuits paraissaient sans fin. La vie de Răzvan ressemblait à un mauvais rêve s'évanouissant parmi les branches des noyers plantés dans le jardin de sa maison le jour de sa naissance. Puiu avait interdit à Ruxandra de le voir. Răzvan a décidé de cesser d'agir comme un enfant quand il a appris la nouvelle. Il voulait plus que jamais agir comme un adulte. Le jeune homme voulait faire face à cette injustice avec la force de caractère d'un adulte et se battre pour leur amour.

Dumitru se sentait maintenant libre de visiter Ruxandra de plus en plus souvent. Rencontrant son regard haineux et méprisant, la flamme dans ses yeux transperça son cœur de chagrin. Chaque fois que cela se produisait, elle pensait à Răzvan et son âme était inondée d'un amour profond.

Sous le ciel gris d'automne, leurs rêves brisés commençaient à creuser de lourdes blessures saignantes pour ces deux âmes sœurs. La nature se prépara pour son sommeil hivernal dans le petit village de la vallée de Prahova. Des feuilles cuivrées tombaient des arbres et recouvraient le sol d'un tapis de couleur rouille. C'était la même couleur que les larmes du jeune couple. Les arbres sans feuilles semblaient sans espoir, tout comme les câlins tant désirés du couple.

Deux ans ont passé. Ruxandra a refusé pendant tout ce temps d'épouser l'homme à qui elle avait été vendue. Elle avait secrètement rencontré Răzvan sous une pleine lune.

Le vent d'automne humide et triste a commencé à souffler depuis les collines brumeuses, apportant des échos de grondements étouffés sur ses ailes.

Ensuite, il y a eu des rumeurs de guerre en plus des problèmes quotidiens des villageois. Finalement, la guerre a éclaté et l'armée roumaine a rejoint le champ de bataille. Des milliers de charriots chargés de nourriture pour les soldats sont partis pour les lignes de front et sont revenus avec des restes humains. Les corps des soldats ont ensuite été enterrés dans le cimetière militaire du village. Leurs tombes étaient marquées de croix blanches.

Les mots «héros inconnu de la patrie» y étaient écrits en grosses lettres pour pouvoir être facilement lus. Certains d'entre eux étaient tellement défigurés et n'ont pas pu être identifiés.

— Il est temps pour moi de rejoindre la guerre, raconte Răzvan à sa mère. Avec un sourire résolu, il murmura «pour mon pays».

— Et mettre ta vie en danger? cria sa mère.

— Ne vois-tu pas qu'il y a du deuil dans le village? Ne vois-tu pas les enfants dans la rue attendre que leurs pères rentrent de la guerre?

Răzvan ignora les questions de sa mère. Il embrassa la photo de Ruxandra, la mit dans une poche intérieure de sa veste et partit pour Timişoara. Une fois arrivé, il se rendit au centre de recrutement. Il a été accueilli par un grand colonel, à la moustache alezane, qui le félicita chaleureusement. Le garçon enfila son casque et son uniforme fournis par les Français. Răzvan, fier de lui, s'est regardé dans un miroir et salua comme le font les soldats. Il prit sa main droite tendue et toucha le bord de son casque avec ses doigts. Il a d'abord fréquenté l'école d'artillerie pendant deux mois, puis a été envoyé en première ligne. Ils l'ont nommé officier en raison de son courage et de son dévouement. Il a été blessé trois fois. La dernière fois, il a été grièvement blessé et a dû rester à l'hôpital pendant deux mois. Dans une lettre à sa mère, il a déclaré: «Nous ne comprenons la valeur de la vie que lorsque nous sommes confrontés à la mort, et seuls le danger et le sang versé renforcent notre âme», étaient ses mots dans une lettre à sa mère.

«Si Dieu le veut, cela se termine un jour. Que la Sainte Vierge nous aide», lui a-t-elle répondu. «Nous continuons de regarder par la fenêtre en attendant que tu rentres chez toi. J'espère que tu reviennes à la maison en sécurité, mon cher. Mon cœur est lourd et je sens mon sang bouillonner alors que je m'inquiète pour toi. Il y a tellement d'agitation ici dans le village car les soldats blessés pleurent dans une tente parce qu'il n'y a pas de place à l'hôpital pour eux. Nous commençons chaque jour en craignant que quelque chose de mal puisse t'arriver. Ruxandra est triste depuis que tu es parti. Elle n'a pas épousé cet homme riche en attendant ton retour. Elle a sérieusement perdu du poids te désirant à côté d'elle et en pleurant pour toi. Écris-lui pour la réconforter, mon cher. Elle tombe malade à cause du chagrin et de l'anxiété.»

Cela fait neuf mois depuis le début de la guerre. Partout où on regardait sur les lignes de front roumaines, tout ce qu'on pouvait voir était la mort, du sang, des tombes, des soldats morts et des tas de lettres tachées de larmes de mères et de femmes. Les gémissements des soldats blessés sonnaient comme des lamentations mêlés au rugissement de la terre désireuse de saisir leurs corps saignants. Răzvan a combattu avec force et courage sur les lignes de front, et son cœur était noble et dévoué en ces temps difficiles.

Dans une autre lettre, sa mère a écrit: «Depuis que la Roumanie est entrée en guerre, notre vie est encore plus amère. Nous n'avons ni nourriture ni médicaments. Nous avons accepté de prendre soin d'un major. Il est un homme très bon. Il s'est blessé à la hanche gauche. Les hôpitaux sont pleins de soldats blessés. Ils l'ont envoyé d'un hôpital à un autre, mais il n'y avait aucun lit gratuit pour lui. Nous nous sommes portés volontaires pour prendre soin de lui ici à la maison. Il dort dans ta chambre. On le voit de temps en temps pour nettoyer sa blessure et changer de pansement. Il vient d'être opéré et se remet bien.» Puis, sur des tranchées sanglantes remplies de tas de cadavres et sur des vagues de douleur, Răzvan répond:

«Nous gagnerons un jour! Ne t'inquiète pas, maman. Embrasse Ruxandra pour moi et dis-lui que je l'aime beaucoup. Je lui écrirai si j'ai le temps. Je serai bientôt à la maison.»

Il faisait sombre et les nuages dansaient paresseusement. Răzvan se dirigeait vers la gare. Sur son chemin, il a rencontré deux grandes personnes minces vêtues de noir venant des lignes de front poussant deux charriots avec des soldats blessés. Il les salua et se précipita à travers les rails qui brillaient comme deux épées sans fin. Le jeune homme regarda vers la gauche et ne put voir que du brouillard. Il regarda vers la droite et l'obscurité rapprocha le ciel et la terre. Haletant et à peine capable de marcher, il s'engagea sur une route menant à la gare.

Răzvan attendait le train pour que les soldats les emmènent en première ligne. Le train était bondé. Il soufflait et sifflait en quittant les montagnes. La locomotive, soufflant de la fumée, grinçant et s'étirant lentement, ressemblait à un monstre d'un autre monde. Les fenêtres étaient ouvertes alors qu'elle s'arrêtait à la gare. Les soldats se tenaient dans les couloirs, les uns contre les autres, attendant de descendre du train. Du matériel de guerre a été déchargé d'un autre wagon par un groupe de dix très jeunes soldats.

Il s'est présenté comme:

— Officier Răzvan Adumitriei.
— Mes respects! Je suis le lieutenant Tănase Mihai et je suis le chef de ce groupe.

Il a poursuivi:

— Je vais vous conduire sur les lignes de front roumaines où ils vous attendent. Lorsque j'appelle votre nom, veuillez me faire part de votre rapport médical. Avec autant de sang versé, nous devons essayer d'empêcher la propagation de toute maladie. Suivez-moi. Par ici!

Răzvan, suivant le petit lieutenant à la moustache noire tordue, est allé de l'avant sur la voie ferrée. Ils sont ensuite allés à un carrefour le long d'une rue boueuse avec des flaques sanglantes sur le champ de bataille.

Le chemin vers le champ de bataille n'a pas été facile. Il y avait des corps sans âme qui étaient autrefois des soldats vifs et courageux, allongés sur le sol avec des survivants blessés et en deuil. Beaucoup ont été blessés sans bras ni jambes. Certains d'entre eux pourraient être sauvés. Ils ont été transportés dans des charriots vers les hôpitaux voisins tandis que d'autres n'ont pas eu autant de chance. Les soldats donnaient du sang directement sur le champ de bataille pour ceux qui avaient une chance de vivre. Ils pleuraient et criaient terriblement parce qu'ils voulaient rentrer chez eux. Certains d'entre eux avaient de petits enfants ou des parents malades à prendre en charge.

Alors que Răzvan soignait deux des blessés, il a entendu un grand bruit. Il s'est précipité dans la zone bombardée pour secourir ceux qui pouvaient être sauvés. Puis il a reçu une balle dans la tête en courant et s'est effondré au sol. Le sang jaillissait avec force de sa tempe alors qu'il gisait sur le sol dans une mare de sang. En peu de temps, il a respiré son dernier souffle. Il était un héros de son pays et digne de son serment.

Sa mère lui a écrit tous les jours pendant trois semaines. C'était en vain car elle ne recevait plus jamais une autre réponse. Elle avait entendu un de ses camarades rentrés chez eux en congé que Răzvan avait perdu la vie en première ligne. Elle hurla d'angoisse en s'arrachant les cheveux.

«Je le veux à la maison, même s'il est mort», pleurait-elle son fils. «Pourquoi personne ne me l'amène? Mon garçon, mon petit garçon», se lamentait-elle alors qu'une cascade de larmes coulait de ses yeux creux.

Ruxandra, ressentant la détresse, courut en haletant jusqu'à la maison de son bienaimé. Elle trouve sa mère qui pleurait fort et s'arrachait les cheveux. Le père de Răzvan n'était pas à la maison. Il était également en première ligne depuis plus d'un mois.

— Ruxandra, ma chère, Răzvan n'est plus avec nous. Il a été tué par une balle.

Ruxandra hurla comme folle et s'évanouit. Vasile, le major blessé la vit et porta son corps faible dans ses bras, et la posa sur le lit. Il lui a aspergé d'eau froide le visage et elle a commencé à cligner des yeux. Son visage était jaune comme un citron et son regard était flou.

— Reprends-toi, chérie l'encouragea-t-il.

— Tu es jeune. C'est dommage pour toi d'être dévastée comme ça! Que Dieu vous donne la force de surmonter ce malheur qui vous est arrivé. Dieu lui pardonne, a-t-il dit d'un air sombre.

Pendant quatre mois, Ruxandra a pleuré jour et nuit, sur les épaules de la mère de Răzvan car elle était censée être sa belle-mère. Chaque jour, ils ont allumé une bougie à l'église du village et ont prié Dieu. C'était peut-être une fausse nouvelle et Răzvan rentrerait chez lui en toute sécurité. Cependant, ce n'était pas du tout le cas.

Des jours et des nuits froides ont passé. Marcela et Ruxandra ont senti leurs âmes fondre comme des boules de neige dans la chaleur du soleil.

Des semaines et des mois passèrent. Enfin la guerre sanglante s'est terminée en Roumanie. Il y avait plus de femmes que d'hommes dans le village. Il y avait également plus d'enfants et de personnes âgées que de jeunes hommes ou garçons. Ils ne sont pas rentrés chez eux depuis les lignes de front roumaines. Ils étaient morts pour leur patrie. Peu importe qu'ils soient morts d'une balle, du temps, de la faim, du sang, de la perte ou de la maladie. Quelle que soit la cause, le résultat était le même.

Dans la précipitation de la vie et face à des moments difficiles, Ruxandra voulait rester à l'écart de la violence de son père, des accès de fureur fréquents et de sa pression insistante. Elle décida d'accepter la proposition du vieillard avide.

—   Papa, je vais épouser Dumitru.
—   Enfin, tu as pris la bonne décision, a-t-il dit d'une voix cruelle.

Il avait les yeux enfoncés, les joues rouges et un ventre gonflé visible. Dans son regard dur scintilla son désir de voir commencer le processus de son enrichissement fou. Ruxandra avait à peine fini de parler quand il mit rapidement un manteau et se précipita vers le manoir de Dumitru pour lui donner les nouvelles tant attendues.

En haut de la colline, le ciel semblait rencontrer le lac bleu. Le lac étendit son eau. Le milieu du lac semblait accueillir une créature écartant les bras et hurlant comme un arbre sans feuilles perdant ses fruits dans une éclaboussure de sourires mousseux.

Le silence sonna comme un écho et l'âme de Ruxandra craqua. Elle claqua les fenêtres et le vent l'admira avec la tendresse d'un poème. Le froid se glissa dans sa chambre et les anges déployaient leurs ailes de glace dans le secret de leurs voix.

Ruxandra, silencieuse, essaya tranquillement sa robe de mariée. Elle était au-delà des mots. Son âme larmoyante s'effondrât en milliers de morceaux, comme de petites étoiles blanches plumeuses qu'elle rassemble dans sa paume et puis les soufflât dans le vent.

La nuit tombe sur les blessures de la terre et Ruxandra s'est couchée. Elle tomba dans un sommeil profond et dans ses rêves, elle vit Răzvan. Il était aussi beau qu'elle se souvenait. Ils marchaient main dans la main dans une ruelle pleine de fleurs parfumées. Les papillons aux ailes multicolores tiraient leur nectar de ces fleurs. Răzvan se pencha, cueilla une fleur et la lui donna sans lâcher sa main et lui parla de la même voix tendre et aimante.

«Mon amour, je suis ici au paradis. Je t'aime plus que jamais, ma fiancée. N'avancez pas. Ne… ne le fais que si tu ne m'aimes plus.»

Ruxandra se réveilla à l'aube éblouie par le rêve qu'elle a fait et sourit avec amour.

Les préparatifs du mariage étaient presque terminés au manoir de Dumitru.

Les invités, vêtus de leurs plus beaux vêtements, s'apprêtaient à arriver à l'église au bord du lac où le mariage devait avoir lieu. Ils étaient censés arriver à l'heure du déjeuner.

Les violoneux, qui avaient des chansons mémorisées par cœur, attendaient avec impatience le début de la fête.

À dix heures du matin, Ruxandra a envoyé sa mère au champ pour lui cueillir des fleurs. Elle allait tresser un diadème pour elle-même.

À midi, Ruxandra a mis sa robe de mariée simple qui était bien ajustée à son corps mince. Elle plaça le diadème fait de fleurs sauvages naturelles sur sa tête fragile.

Il y avait une charrette étincelante qui l'attendait devant sa maison. Elle était tirée par quatre beaux chevaux de course ornés d'une fleur à l'oreille. Dumitru était élégamment vêtu d'un habit et d'un chapeau haut de forme en soie marron. La délicate mariée, tenant un bouquet de fleurs blanches, entra avec sa mère. La charrette, également ornée de fleurs soigneusement choisies, était fièrement conduite dans les rues du village.

Sur la route devant l'église avec une haute tour, les danseurs qui se tenaient fermement par la taille ont fait un mur de corps qui s'enroulait, se courbait et se tordait au son des violoneux. Plus ils se délectaient de la danse, plus la musique devenait sauvage et alerte. Les garçons sautaient, bondissaient et tapaient des pieds. Puis ils ont soudainement commencé danser tout en rond, formant enfin une spirale. Le mur des danseurs se précipitait çà et là. Les violoneux ont animé la danse avec des cris rythmiques en vers, et l'un des danseurs leur a répondu. La rangée de danseurs s'est alors resserrée et bouclée comme un serpent. Ils se sont transformés en tas de corps vivants, bien que fatigués. Alors qu'ils se déroulaient lentement, ils exhibaient des visages rouges et gais. Un rythme fou a éclaté comme une fureur de passion humaine.

Ruxandra dansait au centre du ring avec Dumitru la faisant tourner à gauche et à droite.

Les violoneux se sont irrités parce que la danse est devenue plus lente. Ils commencèrent à jouer de plus en plus fort, et la danse devint encore plus orageuse. C'était comme s'ils creusaient le sol avec leurs pieds. Ils étaient une rangée de corps narcoleptiques recourbés et déroulés.

Les cloches sonnaient à l'église et les jeunes étaient éparpillés dans un rire diabolique.

Soudain, Ruxandra disparut comme un fantôme. C'était comme si elle flottait au-dessus des danseurs qui exécutaient leurs mouvements aussi vieux que les collines.

Le lac bleu défaisait ses cheveux et embrassait son front blanc comme le lait. Il la souleva dans ses bras plus apaisant que jamais, avant de la faire franchir le seuil des profondeurs. Son diadème resta parfumé à la surface du lac, répandant une mélancolie profonde comme celle d'une femme de chambre aux longs cils regardant tout en bas. Les flammes brûlantes sont étouffées dans l'eau. Les pétales des fleurs et leur pistil gardaient leur parfum, envoyant des signaux flous aux vagues d'amour débridé.

Un bruit assourdissant des profondeurs atteignit les oreilles des gens. Ils regardaient fixement, effrayés la couronne flottant dans la lueur de l'eau bleu clair.

De la musique relaxante et des sons de la nature, des oiseaux et de la forêt sont sortis du tombeau sous-marin.

La foule indignée tourna son regard vers Dumitru, raide de peur. Il tremblait et regardait autour de lui avec des yeux curieux. La vue secoua le cœur de Dumitru, et il sentit les yeux de toutes les personnes rassemblées là le transpercer. Il se sentait froid et anxieux. Sursautant, il passe le col de son manteau sur son cou nu. Il a attrapé le bord du chapeau haut de forme et l'a tiré sur ses yeux pour qu'il ne puisse rien voir.

Puiu, totalement ivre ne comprenait absolument rien de ce qui se passait autour de lui.

La foule a découvert ce qui s'était passé, à savoir que Ruxandra avait été forcée par son père d'épouser Dumitru. Ils ont commencé à huer et à maudire Dumitru et Puiu.

À un moment donné, le propriétaire accéléra le pas et s'éloigna parce que les gens devenaient agités. Dumitru regarda à sa gauche où il vit une petite fille sur le sol sombre. Elle tenait le bouquet de mariée de Ruxandra.

Il se précipita chez lui et s'enferma dans sa chambre, fit quelques pas vers le deuxième fauteuil puis il s'assit.

Le vent commençait à souffler et la pluie s'approchait dans l'air. Bientôt, à travers le bruissement des feuilles tombées, l'esprit de Ruxandra respira et fut soulagé.

Dumitru semblait calme et paisible, mais il est devenu fou. L'homme qui était si dominateur refusait maintenant la nourriture et ses yeux étaient vides et fixes. Il avait peur de la lumière et il entendait des voix la nuit. Ses mains tremblaient et il a complètement arrêté de parler. C'était la fin pour lui. Ses serviteurs se sentaient libres maintenant. Ils ont discuté avec Tudosie, la seule personne proche de Dumitru, et ont décidé de l'hospitaliser en hospice.

Aujourd'hui, les habitants de Câmpina disent que le voile de Ruxandra flotte sur le lac les soirs de pluie.

Les restes de Răzvan ont été découverts par un archéologue roumain à Valea Uzului, près du cimetière international des héros. Une photo en noir et blanc de Ruxandra a été trouvée dans son sac à dos. Les lettres jaunies par le temps ont été écrites il y a un siècle. À la suite des recherches, il a été découvert que Răzvan avait perdu la vie au cours de la Première Guerre mondiale. Son nom, Răzvan Adumitriei, était inscrit sur une tablette avec l'unité militaire à laquelle il appartenait. L'armée roumaine a organisé une cérémonie de commémoration pour lui rendre hommage. Ils l'ont nommé un héros de la patrie et ont laissé douze couronnes à l'endroit où il a été trouvé.

Printed in the United States
By Bookmasters